Coordinador de la colección: Daniel Goldin
Diseño: Arroyo + Cerda
Dirección artística: Rebeca Cerda
Diseño de portada: Joaquín Sierra

A la orilla del viento...

Primera edición en portugués: 1983
Primera edición en español: 1992
Segunda edición: 1995
 Segunda reimpresión: 1999

ANA MARIA MACHADO

Título original:
Passarinho me contou

© 1983, Ana Maria Machado
Publicado por Editora Nova Fronteira, Río de Janeiro
ISBN 0-241-126-24

D.R. © 1992, FONDO DE CULTURA ECONÓMICA, S.A. DE C.V.
D.R. © 1995, FONDO DE CULTURA ECONÓMICA
Av. Picacho Ajusco 227; México, 14200, D.F.

ISBN 968-16-4834-X (segunda edición)
ISBN 968-16-3769-0 (primera edición)

Impreso en México

ilustraciones de
Bruno González

traducción de
Mónica Mansour

me
contó

FONDO DE CULTURA ECONÓMICA
MÉXICO

❖ UN PAJARITO me contó que hubo una vez un reino. Y, en ese reino, había un rey.

Había también muchas cosas bonitas, cosas que ni se imaginan.

Había sol y había mar. Mucho sol. Mucho mar. Con todo lo que suele acompañar esas bellezas. Islas, playas, caracoles, canoas de remo y botes de vela, redes de pesca y de sueño, lagunas, conchas, peces, jardines de algas, bosques de coral, brisa que sopla.

Algunas veces había arcoíris. De noche brillaba la luna.

La tierra era de esas en que, si se siembra, todo se da. Se daba maíz, mandioca, frijol, ñame, cará, fruto de pan. Se daban hojas de todas las especies, fruta de todo tipo. Flores de todo perfume, todo color, toda música en el nombre. Flamboyán, bugambilia y acacia. Alamanda, hibisco y cuaresma. Orquídea, ipé, piña y jazmín.

Y lo que había en los montes ni siquiera puede contarse. Canales, cataratas, cascadas para refrescar. En cada árbol que se daba podía vivir un dios: sucupira, masaranduba, jequitibá, canela, baraúna, peroba, jacaranda. Y, en medio de ellos, muchos arbustos, culantrillo, samambaya, enredaderas, barba de viejo colgante, bejucos en racimo, hierba de pajarito trenzada, muchos lugares buenos para que los animales vivan, cacen, se escondan.

Porque lo que había de animales también era una maravilla. Pacas, armadillos y osos hormigueros. Alces, acures y zarigüeyas. Perezosos, monos y lobos. Bichos pequeños, como el cuyo. Otros muy grandes, como el jaguar.

Pero cuando el pajarito contó y habló como lo que es, ¡ay!, ¡hasta suspiró!, dijo que lo mejor eran las aves, ¡cosa más linda no había!

Pues ese reino, de tanta luz, tanta flor y tanta planta, era el paraíso de las aves. Ningún lugar en el mundo tenía tanto colibrí, ligero, brillante, un corazón en el aire. Y había guacamayas, había tucanes, había tangarás. Había maritaca, benteveo, jilguero, curió, araponga, sariá, colorín, zaracua, papagayo, pato, garza, gaviota, somorgujo...

¡El pajarito me contó que hasta había palmeras donde canta el zenzontle!

Contó también que un hermoso día —hasta eso, nada extraordinario, porque en ese reino todos los días eran hermosos— pues, entonces, un hermoso día, toda esa pajarería comenzó a contar por allí una noticia de espanto:

Su majestad el rey manda avisar que dará un tesoro a quien resuelva el problema que amenaza con matar el reino

Esto, también, ya se sabe. Siempre es así en los cuentos. Enseguida empezaron a aparecer aventureros de todas partes, con el ojo en el tesoro del reino.

Vinieron caballeros con armaduras de metal brillante, montados en caballos de pura sangre que relinchaban y se erguían. Y era una fiesta de colores, trompetas, banderas y plumas al viento.

Vinieron también superhéroes de capas revoloteantes y poderes secretos, que surgían en medio de rayos y hacían ruidos extravagantes. Y era una fiesta de relámpagos, luces, gas neón, rayos láser.

El rey reunió a todos en la plaza frente al palacio, a la orilla del mar. Y todos, en silencio, muy atentos, oyeron la historia que contó el rey:

—Un día, estábamos todos aquí reunidos en el palacio, cuando llegó un viajero muy viejito, que venía caminando desde muy lejos y había atravesado todo el reino. Llegó cansado, empolvado, sudado, con hambre. Se quitó la ropa, tomó un baño de mar allí en la playa, después bebió agua de coco, se echó en la hamaca y empezó a comerse unos camaroncitos fritos que le mandé servir y que eran realmente una delicia...

Entonces, le pregunté qué le parecía el reino. Él pensó, dudó un poco y acabó diciendo, medio desanimado: "Es... bonito..." Lo consideré muy extravagante. Al fin de cuentas, estamos acostumbrados a que todos los viajeros queden deslumbrados, digan que aquí es un paraíso, el lugar más lindo del mundo, el cielo más estrellado, la bahía más bella, las flores más perfumadas... y que la gracia y la belleza de las mujeres de nuestra tierra son incomparables... ¿Cómo puede ser que de repente llegue alguien y sólo lo encuentre bonito? Y así, nada más,

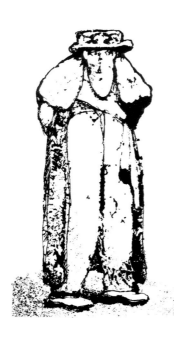

como si estuviese haciendo un gran favor...

El rey no se conformaba. Sólo de recordarlo, quedaba abatido. Pero continuó:

—Lo pensé mejor y supuse que tal vez el viejo estaría demasiado cansado y ni siquiera habría logrado percibir bien y ver todas las bellezas a su alrededor. Pensé que, de seguro, mejoraría después de algunas horas de sueño. Para distraer al pobre viajero, animé la conversación y le pregunté de qué país venía. Allí fue cuando abrí los ojos, pues me dijo que venía de una tierra lejana pero que era de aquí mismo, de este reino, que había nacido aquí, pero muy lejos de la capital-maravilla. Y que había caminado desde hacía años para llegar hasta acá. Aún dijo más. Dijo más o menos así: "Hace muchas generaciones que alguien de mi familia intenta llegar hasta el palacio de la familia real, Su Majestad. Nunca lo hemos logrado. Yo soy el primero. Dejé a mi mujer y a mi hijo pequeño y he viajado desde hace casi medio siglo. Pero lo logré."

Sólo de pensar en lo que decía, el rey suspiraba profundamente. Pero necesitaba continuar. Y continuó:

—Entonces entendí el cansancio del viejo y le pregunté si no creía que la capital era una maravilla y valía el viaje. Insistí. Le pregunté si no le gustaría mandar traer a su familia y quedarse a vivir aquí para siempre, en un lugar tan bueno y perfecto. Él se agitó mucho y dijo así:

"¡Dios me libre! ¡Yo lo que quiero es irme! Ya no aguanto vivir en un reino con un problema de éstos." Y yo, que nunca había oído a nadie insinuar que el reino tuviese algún problema, me espanté mucho y pregunté: "¿Problema? ¿Qué problema? Debe haber algún engaño. Este reino es un paraíso, no tiene problemas..." Entonces el viejo se levantó de la hamaca, se paró justo frente a mí, me encaró con una mirada que nunca olvidaré, y dijo: "¿No lo ha visto? El problema es el siguiente..." Sólo que no acabó de hablar. Miró en lo profundo de mis ojos y cayó muerto, justo frente a mí. Murió del corazón, el pobre. Sólo de pensar en aquel problema. ¡Ha de ser realmente un horror! Ahora, yo quiero resolver el problema del reino y por eso mandé llamar a quien pudiese ayudarme. Quien nos libere de esta situación ganará un tesoro.

En ese momento los caballeros salieron al campo para hacer lo que sabían: vivir sus aventuras, enfrentar sus peligros, dominar sus monstruos.

El primer caballero vestía una armadura negra reluciente y montaba un magnífico corcel blanco. Partió hacia la batalla entre plumas y estandartes que ondulaban al viento, al son de trompetas que anunciaban el combate.

¿Combate contra quién? Contra el Gigante Aterrador, claro está. El Caballero Negro era especialista en Gigantes Aterradores. Si un reino tenía problemas, según él, sólo podía deberse a un gigante. Por eso, galopó hasta los bosques donde de seguro vivía un gigante y comenzó a buscar en lo alto de todos los grandes árboles, donde el monstruo tendría su castillo-en-las-nubes. Si en el frijol había gigantes, imagínense en la jacaranda... Como no había ningún gigante, no logró encontrarlo. Pero ni se incomodó. Sólo con las maderas, las resinas, las plantas medicinales, los frutos, la celulosa, las pieles preciosas y todos los animales que fue encontrando por los bosques, acabó teniendo más que el tesoro del reino. Podía dar por terminada su carrera de matador de gigantes y pasar el resto de su vida descansando con toda comodidad. Y fue justamente lo que hizo.

El segundo caballero vestía una armadura plateada reluciente y montaba un magnífico corcel negro. Partió hacia la batalla entre plumas y estandartes que ondulaban al viento, al son de trompetas que anunciaban el combate.

¿Combate contra quién? Contra el Temible Dragón, claro está. El Caballero de Plata era especialista en Temibles Dragones. Si un reino tenía problemas, sólo podía deberse a un dragón. Por eso, galopó hasta las montañas donde de seguro vivía un dragón y comenzó a buscar en todas las grutas para encontrar la caverna del monstruo. Como no había ningún dragón, no logró encontrarlo. Pero ni se incomodó. Sólo con el oro, la plata, el hierro, el estaño, el manganeso, las piedras preciosas y todos los minerales que fue encontrando por las montañas, acabó teniendo más que el tesoro del reino. Podía

dar por terminada su carrera de matador de dragones y pasar el resto de su vida descansando con toda comodidad. Y fue justamente lo que hizo.

El tercer caballero vestía una armadura dorada reluciente y montaba un magnífico caballo bayo. Partió hacia la batalla entre plumas y estandartes que ondulaban al viento, al son de trompetas que anunciaban el combate.

¿Combate contra quién? Contra el Pérfido Hechicero, claro está. El Caballero de Oro era especialista en Pérfidos Hechiceros. Si un reino tenía problemas, sólo podía deberse a un hechicero. Y como a los hechiceros les encanta transformar cosas, galopó por todas las fábricas y los talleres que transformaban cosas y por todas las escuelas donde se estudian transformaciones. En una de ellas de seguro se escondería un hechicero. Tal vez más de uno, ya que les gusta andar en grupo. Comenzó a buscar en todas las oficinas, todas las aulas, todos los laboratorios, intentando descubrir adónde estaría el cubil del monstruo. Como no había ningún hechicero, no logró encontrarlo. Pero ni se incomodó. Sólo con los productos y los trabajos que fue recogiendo en cada fábrica, cada oficina, cada escuela, cada laboratorio, acabó teniendo mucho más que el tesoro del reino. Podía dar por terminada su carrera de matador de hechiceros y pasar el resto de su vida descansando con toda comodidad. Y fue justamente lo que hizo.

El pajarito me contó que había muchos otros caballeros. Especialistas en enanos traicioneros, en brujas, en ogros, en duendes, en mulas sin cabeza, en bandidos, en cocos marambás, en ejércitos enemigos, en demonios, en tiburones, en negritos fantasmas, en monstruos marinos, en terremotos, en pesadillas, en saltamontes, en adversarios, en todo lo que se pueda uno imaginar. Y hasta en lo que no se pueda.

El rey miraba aquella fila de gente en armaduras relucientes y magníficos corceles, o en capas revoloteantes y máscaras en el rostro, y empezaba a desanimarse:

—Al fin de cuentas —pensaba— ¿de qué sirve prometer el tesoro del reino a quien resuelva el problema, si cada uno de los que vienen aquí acaba llevándose más que el tesoro del reino y yo ni siquiera sé cuál es el problema?

Pero, de repente, vio a dos niños parados frente a la fila de caballeros, mirando con espanto a toda aquella gente. Y a todos aquellos caballos. Miró mejor y encontró en uno de ellos un aire familiar, que le recordaba a alguien que él conocía, pero no lograba descubrir a quién. Los mandó llamar y preguntó:

—¿Quiénes son ustedes?

El niño respondió:

—Yo soy Juan. Ella es María.

El rey sonrió simpático y bromeó:

—No me digan que son aquellos niños del cuento.

Pero ellos ni lo conocían y preguntaron:

—¿Qué cuento?

El rey explicó:

—Juan y María eran dos hermanos que vivían en una cabaña de leñadores con sus padres. Un día, como se había acabado toda la comida y todo el dinero, los padres decidieron dejar a sus hijos muy lejos, en medio del bosque; así, ellos no morirían de hambre en casa y se las arreglarían para comer algo.

Entonces le tocó explicar a María:

—No, joven, quiero decir, majestad... Nosotros no vivíamos en una cabaña de leñador. Y allá en casa, cuando se acabó toda la comida y se acabó todo el dinero, nuestros padres nos echaron más bien a la calle.

El rey se llevó un susto y repitió como bobo:

—¿A la calle?

Juan prosiguió la explicación:

—Así es... para ver si lográbamos llegar a la capital-maravilla. Nuestro padre quería venir, pero estaba tan flaquito... Antes de él, mi abuelo lo había intentado, y también su padre y su abuelo y su bisabuelo, todo mundo en la familia, pero parece que nadie lo logró. Sólo hasta ahora, que por fin llegó nuestro abuelo...

El rey fue reconociendo aquella conversación, descubriendo por qué la cara de los niños le resultaba familiar. Otra vez repitió:

—¿El abuelo? ¿Y cómo lo saben ustedes?

—Un pajarito me contó —dijo María.

—Eso es... —completó Juan—. Contó que el abuelo había llegado aquí y que estaba acostado en una hamaca comiendo y bebiendo.

—Así es... —continuó la niña—. Y por eso, cuando se acabó toda la comida y ya no había manera de conseguir un dinerito, nuestro padre nos echó a la calle. Quién sabe si no tendremos la misma suerte que el abuelo...

El rey se llevó un susto aún mayor, cuando recordó a aquel viejo que había hablado del problema de esa manera y después había muerto. Sólo repetía como bobo lo que oía:

—¿Suerte?

—Sí... Tal vez logremos comer y beber.

—Claro, claro... —providenció el rey—. ¡Guardias! Traigan inmediatamente comida y bebida para estos niños, pobrecitos, que vienen de muy lejos...

Entonces miró con alguna desconfianza a los dos y preguntó:

—Si su abuelo tardó tantos años para llegar, ¿cómo puede ser que ustedes ya estén aquí?

Con la boca llena, apenas logrando hablar, Juan respondió:

—Un guajolotero...

—¿Un guajolotero? —se extrañaron todos.

—Sí, uno nos dio aventón. Es un camión lleno de gente, con unos palos atravesados como si fuesen bancas, donde cabe mucha gente sentada al mismo tiempo. El chofer se compadeció y nos dejó viajar gratis.

—Ah, muy interesante... —comentaron el rey y los ministros.

Entonces, el rey se animó un poquito. Porque los guajolotes negros, con sus plumas brillantes y bonitas y sus barbas rojas, eran una de las grandes atracciones de aquel paraíso que era el reino. Y quiso saber:

—¿Vieron ustedes muchos guajolotes por el camino?

—No vimos nada. ¿Quiere usted saber lo que vimos? —preguntó María.

El rey dijo que sí quería. ¿Para qué? Con la barriga llena, Juan y María empezaron a contar cosas, hablando al mismo tiempo.

Y el rey sólo oía pedazos mezclados de cada uno, cosas como: tierra seca - ganado muriendo - gente con hambre - el río seco - falta de agua - enfermedad - entierro - de tan lejos - inundación - se acabó la comida - puente caído - el agua cargó con todo - el camión se atascó - nada para comer - la mandíbula le temblaba de fiebre - el dueño expulsó a todo el mundo - cuatro horas de camión todos los días para llegar al trabajo - picadura de insecto - no tenía nada de comida - mordida de cobra - un escarabajo que se esconde en la casa de la gente y cuando muerde hace enfermar y morir - olla vacía - pie en el lodo - espina que araña - barriga que ronca más que un trueno - el patrón despidió - río envenenado - hasta los peces morían - plantaba caña para otros todo el

día y no tenía ni un pedacito para plantar su propia comida - muriendo de hambre - muriendo - hambre - HAMBRE...

—¡BASTA! ¡BASTA! —gritó bien gritado de repente el rey—. Ya nunca quiero oír hablar de eso. ¡Nunca más!

Se fue hacia adentro del palacio, a la sala del trono. Y dio un portazo.

Los niños acabaron de comer y se asustaron de la furia del rey. Decidieron irse muy lejos. Pero querían pedir disculpas.

Como no había escuela allá en su tierra, nunca habían aprendido a escribir. No podían dejar una nota. Más bien dejarían el recado con un pajarito. Y le explicaron:

—Pajarito, dile al rey que nosotros no queríamos que se enojara. Pide disculpas —dijo Juan.

—Dile también que lo único que queríamos era contarle lo que vimos en el viaje Y él mismo fue quien lo preguntó —dijo María.

—Así es... y dile también que no queríamos molestar a nadie con los problemas de la gente —dijo Juan.

Dijeron eso y se fueron.

Pero el recado era demasiado largo para que el pajarito de canto corto lo recordara. Lo repitió y lo repitió, pero al final olvidó el principio. Al día siguiente, muy temprano, el pajarito voló hasta la ventana del palacio y cantó y cantó el final del recado:

—Problemas de la gente, problemas de la gente, problemas de la gente...

El rey despertó oyendo aquel canto y se decidió: mandó reunir otra vez frente al palacio a todos los caballeros y superhéroes que aún estaban en la fila, esperando la ocasión para enfrentar monstruos. Y otra vez habló con ellos:

—Señores caballeros, estáis dispensados. Palabra de rey no se desdice, lo sé. Pero ya no necesito de vuestros servicios. Podéis volver a vuestras tierras o ir a aventurar en otras.

Los caballeros se dispersaron y partieron. El primer ministro, que no entendía nada, preguntó:

—Pero, Majestad, ¿qué va a pasar entonces con el problema? ¿Quién va a dar la solución? ¿Ya sabe usted cuál es el problema?

El rey respondió:

—Son muchos. Pero, ahora, el primero ya está resuelto. Y no se podía buscar ninguna solución para los otros sin resolver el primero.

El ministro seguía espantado:

—¿Muchos problemas, Su Majestad? ¿En un paraíso como éste? ¿Y cuál es el primero?

—El primero era mío, y también suyo, y de mucha gente. Es el siguiente: pensar que esto aquí es un paraíso sin problemas. Y no saber ni siquiera distinguir que nuestra tierra puede ser una maravilla pero que nuestra gente sólo tiene problemas... Y de nada sirve llamar a los caballeros de lejos, prometiendo tesoros. Al fin de cuentas, si el problema es de la gente, la gente misma lo resolverá. Al fin de cuentas, también el tesoro es de la gente.

La conversación aún duró mucho, y fue entrando en ella mucha más gente. Ministros y no ministros, nobles y plebeyos, gente de las escuelas y de las oficinas, de los laboratorios y de las fábricas, hombres y mujeres, viejos y niños, personas de la capital-maravilla y de los lugares distantes, llenos de hambre, discutiendo muchas cosas, haciendo aún más cosas.

Cómo fue, cómo no fue, es algo que no sé decir. El pajarito no me contó. Creo que también fue demasiado para su canto tan corto.

Algunas veces, cuando oigo muchos pájaros cantando y presto atención, pienso en todas las cosas que pueden estar contando. Pero, incluso cuando hay un solo pájaro, se puede reconocer bien su cancioncilla, repetida, repetida, para quien quiera escuchar:

—*Tesoro de la gente,*
tesoro de la gente,
tesoro de la gente...
❖

Glosario

Lobo

Curió

Tangará

Hibisco

Piña

Tapir

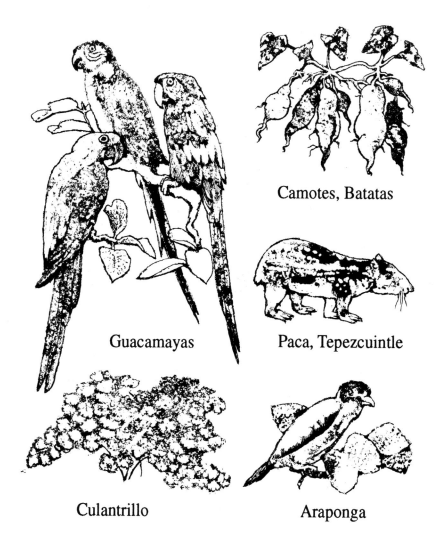

Guacamayas

Camotes, Batatas

Paca, Tepezcuintle

Culantrillo

Araponga

Mono

Pato

Fruto de pan

Papagayos

Jaguar

Zarigüeya

Mandioca

Benteveo

Capibara

Cuaresma

Garzas

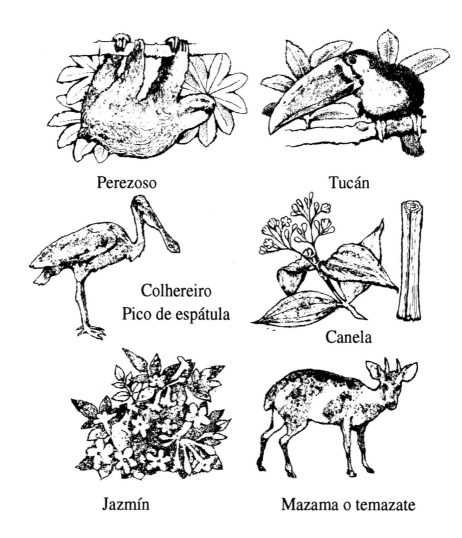

Perezoso

Tucán

Colhereiro
Pico de espátula

Canela

Jazmín

Mazama o temazate

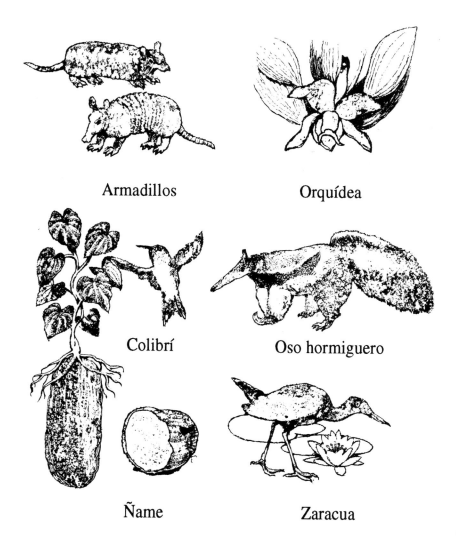

Armadillos

Orquídea

Colibrí

Oso hormiguero

Ñame

Zaracua

Índice

Este libro se terminó de imprimir y encuadernar en el mes de julio de 1999 en Impresora y Encuadernadora Progreso, S. A. de C. V. (IEPSA), Calz. de San Lorenzo, 244; 09830 México, D. F. Se tiraron 5 000 ejemplares.

Otros títulos para *los que leen bien*

La batalla de la Luna Rosada
de Luis Darío Bernal Pinilla
ilustraciones de Emilio Watanabe

Veloz como una saeta, una canoa pequeña atraviesa las tranquilas aguas del Lago Apacible. Adentro un niño grita:
—Pronto, escondan a Amarú bajo los juncos. Que no lo encuentren los Sucios.

Todos sus amigos corren, pues tienen miedo a los Sacerdotes-Hechiceros a quienes apodan los Sucios, por el terror que les produce lo que han escuchado sobre sus ceremonias de sangre y sus ritos de sacrificio.

Pero esta vez no será igual. Ellos no habrán de permitirlo.

Esta vez dará comienzo la Batalla de la Luna Rosada.

Un homenaje audaz a las culturas de la América precolombina

Viaje en el tiempo

de Denis Côté
ilustraciones de Francisco Nava Buchaín

Toda la familia y los amigos de Maximino
se encuentran reunidos para festejar su
cumpleaños. Después de almorzar, Maximino
y Jo deciden salir a dar un paseo. De pronto
descubren en la recámara de Maximino un
par de viejos botines desconocidos. Maximino
los toma y empieza así una extraordinaria
aventura en el tiempo, que ellos jamás
hubiesen creído posible.

*¿ Fueron las brujas seres que tenían tratos
con el diablo o simplemente visionarias,
precursoras de la ciencia ?*

Saguairú

de Júlio Emilio Braz
ilustraciones de Heidi Brandt

En la noche de la Luna Melancólica, resonó el aullido solitario. Angustiado, murió en la oscuridad de la selva, en medio de los ruidos de aquella multitud invisible que nos acechaba desde su escondrijo.

Toda la selva parecía esperar que yo matara a Saguairú.

Rehuí aquel viento. Aquel diablo viejo y astuto ya conocía mi olor, el olor de muerte que yo traía impregnado en mi cuerpo como una plaga, un mal reciente e inevitable.

Éramos enemigos hacía mucho tiempo.

¿Son realmente enemigos el cazador y su presa?

La espada del general

de Lourenço Cazarré
ilustraciones de Rafael Barajas "el fisgón"

Primero llegó la empleada, Esmeralda, marchando. Se apostó al lado de la puerta que daba hacia el interior de la casa e hizo un alto. Se llevó la corneta a los labios y dio un toquido, el mismo que habíamos escuchado días antes. Luego, colocó de nuevo la corneta en el sobaco y gritó:

—¡La señora generala doña Francisca Guilhermina Henriquetta Edméa Vasconcellos Barros e Barcellos Torres de El Kathib, vizcondesa del Cerro del Jarau!

Y en un movimiento increíblemente ágil para su edad, saltó hacia atrás, dio un puntapié en un cilindro y el tapete rojo del día de la llegada entró por la sala, desenrollándose.

Por encima del tapete, con las manos en la cintura, pasos cortos y duros, entró la mujercita. Era imponente, a pesar de su metro y medio...

Estaba comenzando la fiesta en la que se perdió la espada del general. Una fiesta en verdad divertida.